La mamá de Sly siempre le estaba regañando: "¡Ordena tu habitación! ¡Friega los platos!"

Sly's mum was always shouting: "Tidy your room! Do the dishes!"

"¡Cepíllate los dientes! ¡Péinate!" Y a pesar de que Sly hacía todo lo posible, su mamá nunca estaba satisfecha.

"Brush your teeth! Comb your hair!" And however much Sly did, it was never enough for his mum.

En la casa de al lado, Rojita lo oía todo y no le gustaba la forma en la que la mamá de Sly siempre gritaba.

Next door Little Red could hear everything. She hated the way Sly's mum always screamed and shouted.

Un día le oyó chillar:
"¡Quiero comer pollo al horno!"
Y Rojita se asustó mucho.

One day she heard a scream:
"I want roast chicken!"
And Little Red became very
very scared.

Sly también estaba asustado, él nunca había atrapado un pollo.
Pero Sly es un zorro astuto y tenía un plan…

Sly was scared too, he'd never caught a hen before, but
being a smart fox he had a plan.

Ese día, cuando Rojita salió, Sly se metió en su casa y esperó a que ella regresara.

When Little Red went out Sly sneaked into her house and waited and waited, until she returned.

"¡Auxilio! ¡Socorro!" grito Rojita cuando vio a Sly y de un salto se subió al armario.
Pero eso no era problema para Sly pues es un zorro astuto y tenía un plan…

"Help! Help!" Little Red cried when she saw Sly and jumped up onto the top of the bookcase.
But that was no problem for Sly, after all, he was a fox with a plan.

Sly comenzó a dar vueltas y a perseguir su propia cola. Cada vez giraba más y más rápido hasta que…

Sly started spinning round and round, chasing his tail. Faster and faster he went until...

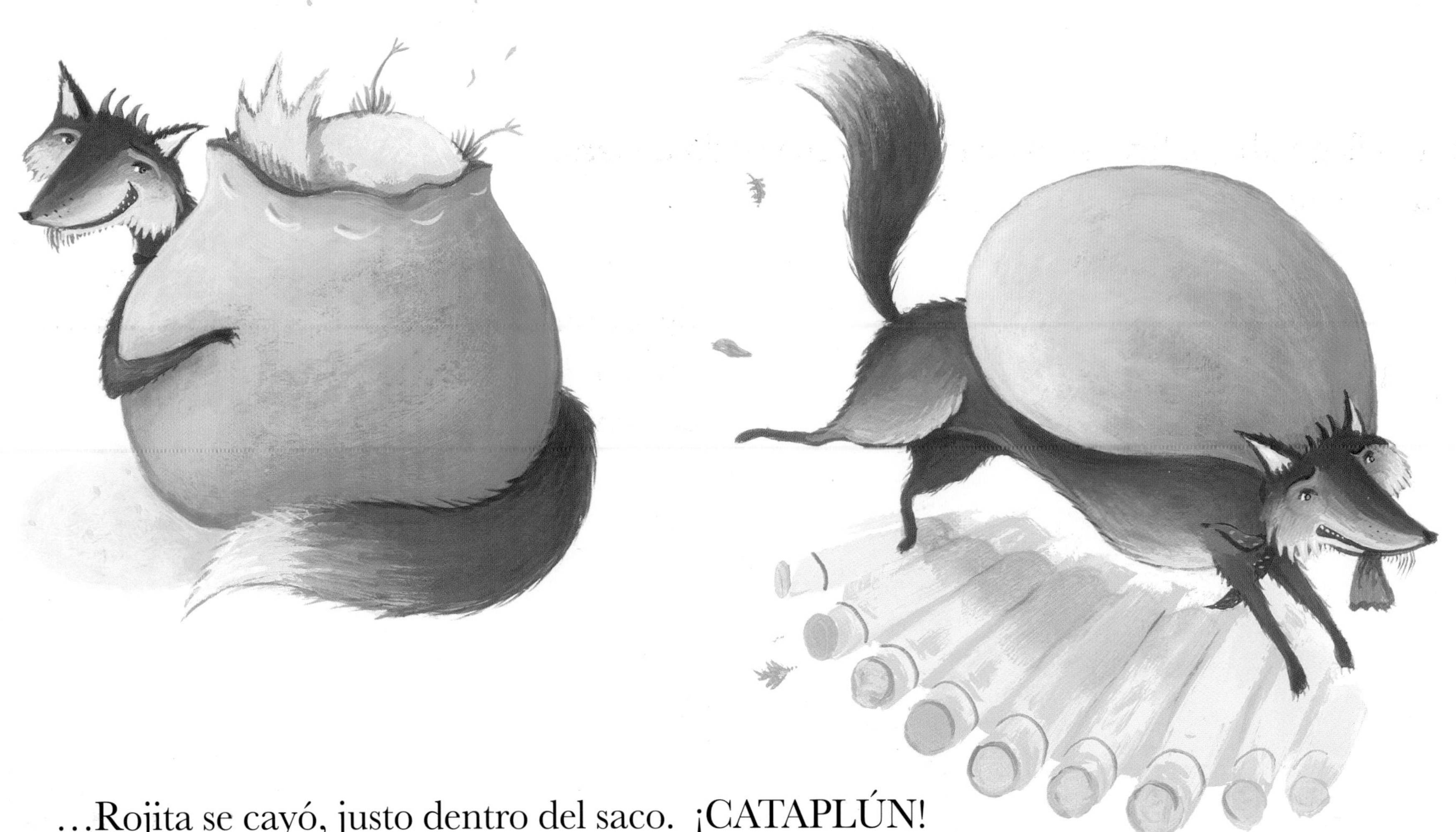

…Rojita se cayó, justo dentro del saco. ¡CATAPLÚN!

Sly tiró del saco y lo arrastró por las escaleras…
¡CATAPLÚN! ¡CATAPLÍN, PLAN, PLUN!

...Little Red fell down, down, down into the sack - THUMP!

Sly dragged the sack down the stairs -
THUMPADY, THUMPADY, BUMP!

Cuando llegó abajo, Sly estaba cansado y mareado de tantas vueltas. Se quedó dormido de inmediato.

By the time he reached the ground he was so tired and dizzy that he fell asleep at the bottom of the stairs.

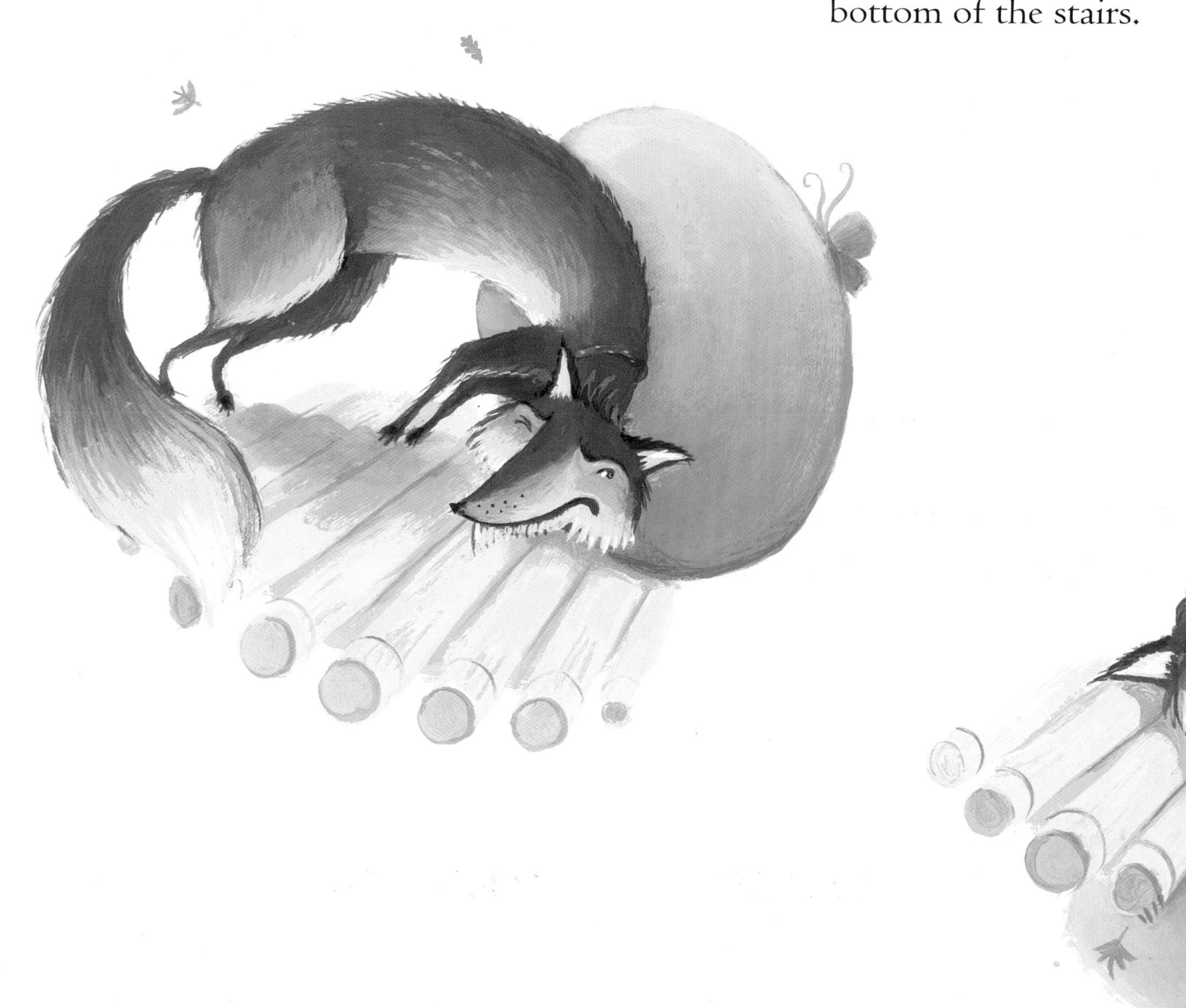

Now was Little Red's chance.

Rojita sabía que ésa era su oportunidad
de escapar.

Se salió del saco y corrió escaleras arriba tan rápido como pudo.

She squeezed herself out of the sack and ran as fast as she could, up, up, up the stairs.

Cuando se recuperó del susto, Rojita se puso a pensar en el pobre Sly y en el regaño que le daría su mamá. ¿Podría hacer algo para ayudarlo?

When Little Red had recovered she thought about poor Sly and all the trouble he would be in. What could she do to help?

En la cocina se le ocurrió una buena idea.

She looked around her kitchen and then she had an idea.

Cuando terminó fue a despertar a Sly para contarle su plan.

When she had finished she woke Sly and told him of her plan.

Sly se fue a casa con el saco lleno.
Preparo la cena, puso la mesa y
llamó a su mamá:
"¡El pollo horneado está listo,
ven a comer!"

Sly went home with his heavy sack.
He made the dinner and set the
table, and then he called his mum.
"Roast chicken is ready, come and
get it!"

¿Piensas que la mamá le gritó?
Pues sí, gritó de puro gusto: "¡Es el mejor pollo horneado que me he comido en la vida!"

And did Sly's mum scream and shout?
She screamed with delight.
She shouted with joy: "That's the best dinner I've ever had!"

A partir de ese día Sly cocinaba siempre, con la ayuda de su nueva amiga.
¿Y la mamá de Sly? Bueno, ahora sólo le regaña muy de de vez en cuando.

From that day forth Sly did all the cooking with the help of his new friend.
And Sly's mum, well she only nagged him now and then.

To the children of Mrs Michelsen's Class of 02
at Moss Hall Junior School
H.B.

For my friends, Rebecca Edwards
and Richard Holland
R.J.

Mantra
5 Alexandra Grove, London N12 8NU
www.mantralingua.com